U0010058

公主出任務4

THE Princess IN BLACK 度假好忙
TAKES A VACATION

文／珊寧‧海爾 & 迪恩‧海爾
Shannon Hale & Dean Hale

圖／范雷韻 **LeUyen Pham**

譯／黃筱茵

獻給葛斯、布朗森、萊諾斯、喬治，
還有法蘭基──
你們全是超級英雄
珊寧・海爾 & 迪恩・海爾

獻給忍者公主伊絲拉和諾娃
范雷韻

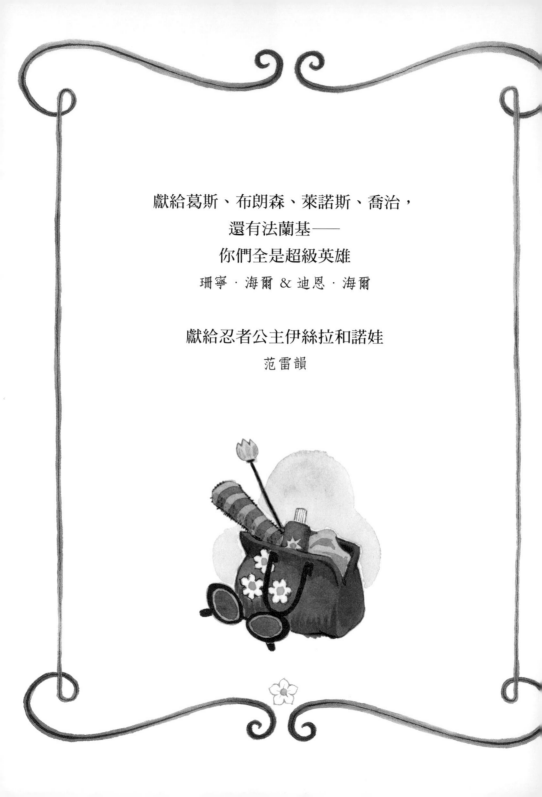

人物介紹

木ㄇㄨˋ蘭ㄌㄢˊ花ㄏㄨㄚ公ㄍㄨㄥ主ㄓㄨˇ

黑ㄏㄟ衣一公ㄍㄨㄥ主ㄓㄨˇ

山ㄕㄢ羊ㄧㄤˊ達ㄉㄚˊ夫ㄈㄨ

噴ㄆㄣ嚏ㄊㄧˋ草ㄘㄠˇ公ㄍㄨㄥ主ㄓㄨˇ

海ㄏㄞˇ怪ㄍㄨㄞˋ

山ㄕㄢ羊ㄧㄤˊ復ㄈㄨˋ仇ㄔㄡˊ者ㄓㄜˇ

黑ㄏㄟ旋ㄒㄩㄢˊ風ㄈㄥ

酷ㄎㄨˋ麻ㄇㄚˊ花ㄏㄨㄚ

第 一 章
超想睡的公主

天才剛剛亮。黑衣公主跟怪獸決鬥了一整個晚上，所以現在木蘭花公主真的很累、很想睡。

木蘭花公主閉著眼睛，躺在柔軟的粉紅色公主床上。就在她快要睡著時……

鈴ㄌㄧㄥˊ！ 鈴ㄌㄧㄥˊ！

「是ㄕˋ怪ㄍㄨㄞˋ獸ㄕㄡˋ警ㄐㄧㄥˇ報ㄅㄠˋ！」她ㄊㄚ自ㄗˋ言ㄧㄢˊ自ㄗˋ語ㄩˇ的ㄉㄜ˙說ㄕㄨㄛ：「不ㄅㄨˋ會ㄏㄨㄟˋ又ㄧㄡˋ來ㄌㄞˊ了ㄌㄜ˙吧ㄅㄚ˙……」

她只好搖搖晃晃的走進工具間，脫掉有多層花邊的睡衣，套上出任務的黑色衣服。現在，她是黑衣公主了——超級愛睏的黑衣公主。

她溜下祕密通道，

跳到她的忠心小馬——黑旋風背上。

接著，他們飛奔抵達山羊草原。這次是這個星期以來，第十五次的怪獸警報。

「吼！」暴牙怪大叫。

「你ㄋㄧˇ剛ㄍㄤ才ㄘㄞˊ說ㄕㄨㄛ『呵ㄎㄜ欠ㄑㄧㄢˋ』嗎ㄇㄚ？」黑ㄏㄟ衣ㄧ公ㄍㄨㄥ主ㄓㄨˇ精ㄐㄧㄥ神ㄕㄣˊ不ㄅㄨˋ濟ㄐㄧˋ的ㄉㄜ問ㄨㄣˋ。

暴ㄅㄠˋ牙ㄧㄚˊ怪ㄍㄨㄞˋ搖ㄧㄠˊ搖ㄧㄠˊ頭ㄊㄡˊ。「不ㄅㄨˋ是ㄕˋ，是ㄕˋ『吼ㄏㄡˇ～』。」

黑ㄏㄟ衣ㄧ公ㄍㄨㄥ主ㄓㄨˇ希ㄒㄧ望ㄨㄤˋ怪ㄍㄨㄞˋ獸ㄕㄡˋ說ㄕㄨㄛ的ㄉㄜ是ㄕˋ「呵ㄎㄜ欠ㄑㄧㄢˋ」。因ㄧㄣ為ㄨㄟˋ她ㄊㄚ非ㄈㄟ常ㄔㄤˊ希ㄒㄧ望ㄨㄤˋ打ㄉㄚˇ完ㄨㄢˊ呵ㄎㄜ欠ㄑㄧㄢˋ，就ㄐㄧㄡˋ能ㄋㄥˊ立ㄌㄧˋ刻ㄎㄜˋ呼ㄏㄨ呼ㄏㄨ大ㄉㄚˋ睡ㄕㄨㄟˋ。

「吃山羊！」暴牙怪說。

「牠們不是你的山羊。」黑
衣公主含糊不清的說著：「牠
們是達夫的山羊。快回怪獸
國去。」

暴牙怪不想回怪獸國，牠
等不及要享用山羊大餐了。

7

於ㄩˊ是ㄕˋ，暴ㄅㄠˋ牙ㄧㄚˊ怪ㄍㄨㄞˋ和ㄏㄜˊ公ㄍㄨㄥ主ㄓㄨˇ展ㄓㄢˇ開ㄎㄞ大ㄉㄚˋ戰ㄓㄢˋ。

睡ㄕㄨㄟˋ睡ㄕㄨㄟˋ敲ㄑㄧㄠ！

懶ㄌㄢˇ洋ㄧㄤˊ洋ㄧㄤˊ甩ㄕㄨㄞˇ！

超_{ㄔㄠ}想_{ㄒㄧㄤˇ}睡_{ㄕㄨㄟˋ}
拉_{ㄌㄚ}扯_{ㄔㄜˇ}

夢_{ㄇㄥˋ}遊_{ㄧㄡˊ}
無_{ㄨˊ}力_{ㄌㄧˋ}拳_{ㄑㄩㄢˊ}！

暴ㄅㄠˋ牙ㄧㄚˊ怪ㄍㄨㄞˋ輕ㄑㄧㄥ輕ㄑㄧㄥ鬆ㄙㄨㄥ鬆ㄙㄨㄥ把ㄅㄚˇ黑ㄏㄟ衣ㄧ公ㄍㄨㄥ主ㄓㄨˇ抓ㄓㄨㄚ在ㄗㄞˋ手ㄕㄡˇ裡ㄌㄧˇ。牠ㄊㄚ張ㄓㄤ開ㄎㄞ滿ㄇㄢˇ口ㄎㄡˇ暴ㄅㄠˋ牙ㄧㄚˊ的ㄉㄜ大ㄉㄚˋ嘴ㄗㄨㄟˇ，大ㄉㄚˋ聲ㄕㄥ吼ㄏㄡˇ叫ㄐㄧㄠˋ。

黑衣公主張開嘴巴。她沒有對著怪獸大吼，而是打了一個大大的呵欠。

就在這個時候，有人拉住了怪獸的尾巴。

第 二 章
山羊復仇者現身

　　一個戴著面具、穿著披風的男孩拉住怪獸的尾巴。黑衣公主從來沒見過這個人。

　　「你是誰？」黑衣公主問：「山羊達夫呢？」

「我是山羊復仇者！」他回答了公主的問題。「山羊達夫有事要忙，到別的地方去了。他不在。」

相似度
95%

相似度
100%

山羊復仇者跟她的朋友達
夫一樣高，就連笑容都一模
一樣。可是，他不是達夫，
因為達夫沒有戴面具。

相似度
95%

相似度
100%

「真奇怪。」黑衣公主說：「山羊達夫一向都會在啊。這是他的山羊草原。這些是他的山羊。」

「吃山羊！」暴牙怪還是沒放棄，不停吼叫著。

滿嘴暴牙的怪獸還緊緊抓著黑衣公主。

「不准你吃山羊！」黑衣公主和山羊復仇者同時對著怪獸說。

暴牙怪疑惑的眨了眨眼睛。那麼多人戴面具，到底是怎麼了？

暴牙怪獸默默的將黑衣公主鬆開，放到地上。接著，牠自己乖乖擠進回怪獸國的洞。這些戴面具的人真是太奇怪了。在怪獸國，沒有人戴面具。

17

第 三 章
度假？

「那是這星期第十五隻怪獸了。」黑衣公主說。

才剛說完，她又打了一個呵欠，縮著身體躺在草地上。黑旋風緊緊靠在她身旁。

「你看起來很累。」山羊復仇者說。

黑衣公主閉上眼睛休息。
一隻山羊舔了舔她的耳朵，
讓她覺得很癢。所以，她翻過
身去。結果，另一隻山羊跑來
輕輕咬了一下她的頭髮。

「你需要度假。」山羊復仇者說。

黑衣公主努力張開一隻眼睛，看著山羊復仇者。

「你說『度假』是什麼意思？」她問。

「就是暫時放下你的工作，」他說，「然後，去一個很棒的地方。在那裡，你可以好好休息。」

「聽起來不錯！可是，我沒辦法去度假。如果我去度假，誰來保護山羊？」

山羊復仇者立刻手插著
腰，挺起胸膛說：「不用擔
心，有我山羊復仇者在！」

第 四 章
「我要去度假！」

「度ㄉㄨˋ……假ㄐㄧㄚˇ……」黑ㄏㄟ衣ㄧ公ㄍㄨㄥ主ㄓㄨˇ牽ㄑㄧㄢ著ㄓㄜ黑ㄏㄟ旋ㄒㄩㄢˊ風ㄈㄥ走ㄗㄡˇ回ㄏㄨㄟˊ城ㄔㄥˊ堡ㄅㄠˇ時ㄕˊ，喃ㄋㄢˊ喃ㄋㄢˊ自ㄗˋ語ㄩˇ說ㄕㄨㄛ著ㄓㄜ。

「度假⋯⋯」沿著祕密通道往上爬時，黑衣公主又念了一次。

「度假？」黑衣公主一邊穿上粉紅色蓬蓬洋裝，一邊疑慮的說著。現在，她不再是黑衣公主，她回到了木蘭花公主的身分。

最後ㄗㄨㄟˋ ㄏㄡˋ，木ㄇㄨˋ蘭ㄌㄢˊ花ㄏㄨㄚ公ㄍㄨㄥ主ㄓㄨˇ開ㄎㄞ心ㄒㄧㄣ的ㄉㄜ˙
宣ㄒㄩㄢ布ㄅㄨˋ：「我ㄨㄛˇ要ㄧㄠˋ去ㄑㄩˋ度ㄉㄨˋ假ㄐㄧㄚˇ！」。

24

山羊復仇者會留在山羊草原。 他會負責防守怪獸， 保護山羊。 於是， 木蘭花公主開始打包行李。 因為現在是出發度假的好時機！

第五章
沙灘上的驚喜

　　木蘭花公主騎著腳踏車到海邊，而不是騎馬。因為，不停陪著她出任務的小馬，也應該放個假。

　　空氣中有鹹鹹的海水味，陽光燦爛，大海的顏色就像大藍怪的毛那樣藍，真是完美的一天！

木蘭花公主閉著眼睛，躺在吊床上。就在她準備呼呼大睡時，突然有人打招呼說：「哈囉，木蘭花公主。」

木蘭花公主張開眼睛一看，在她吊床旁邊的是堆成小山的點心，點心旁是另一張吊床。吊床上有人拿著一本書，書後面居然是——噴嚏草公主。

「真是好……巧呀！」超級愛睏的木蘭花公主，努力用輕快的語氣說著。

「你聽起來很累。」噴嚏草公主說：「你應該睡個午覺。我不會讓任何人吵你。」

「謝謝你，噴嚏草公主。」木蘭花公主說。

「沒什麼，」噴嚏草公主回答說：「朋友本來就該這樣互相幫忙。」

於是，木蘭花公主再次閉上眼睛休息。

「晚一點等你睡醒，」噴嚏草公主小小聲的說，「我們可以一起玩跳棋。」

木ㄇㄨˋ蘭ㄌㄢˊ花ㄏㄨㄚ公ㄍㄨㄥ主ㄓㄨˇ正ㄓㄥˋ要ㄧㄠˋ再ㄗㄞˋ度ㄉㄨˋ呼ㄏㄨ呼ㄏㄨ大ㄉㄚˋ睡ㄕㄨㄟˋ時ㄕˊ，突ㄊㄨˊ然ㄖㄢˊ聽ㄊㄧㄥ見ㄐㄧㄢˋ一ㄧ個ㄍㄜˋ聲ㄕㄥ音ㄧㄣ。

　　「吼ㄏㄡˇ！」

　　緊ㄐㄧㄣˇ閉ㄅㄧˋ著ㄓㄜ眼ㄧㄢˇ睛ㄐㄧㄥ的ㄉㄜ木ㄇㄨˋ蘭ㄌㄢˊ花ㄏㄨㄚ公ㄍㄨㄥ主ㄓㄨˇ想ㄒㄧㄤˇ，是ㄕˋ怪ㄍㄨㄞˋ獸ㄕㄡˋ嗎ㄇㄚ？在ㄗㄞˋ這ㄓㄜˋ完ㄨㄢˊ美ㄇㄟˇ的ㄉㄜ沙ㄕㄚ灘ㄊㄢ？應ㄧㄥ該ㄍㄞ不ㄅㄨˋ可ㄎㄜˇ能ㄋㄥˊ！

吼ㄏㄡˇ吼ㄏㄡˇ吼ㄏㄡˇ！

木蘭花公主更用力的閉緊眼睛。她心想，說不定她其實早就睡著了，她剛才只是在作夢。

「吼吼吼～～～！」

木蘭花公主忍不住睜開一隻眼睛偷看。

一顆巨大的頭接在長長的脖子上，長長的脖子接在龐大的身體上。

完美的沙灘旁，居然有一隻嚇死人的大海怪。

「真的很抱歉！」噴嚏草公主說：「我不知道怎麼阻止海怪吵醒你。」

木ㄇㄨˋ蘭ㄌㄢˊ花ㄏㄨㄚ公ㄍㄨㄥ主ㄓㄨˇ心ㄒㄧㄣ裡ㄌㄧˇ想ㄒㄧㄤˇ著ㄓㄜ˙：怎ㄗㄣˇ麼ㄇㄜ˙
阻ㄗㄨˇ止ㄓˇ海ㄏㄞˇ怪ㄍㄨㄞˋ傷ㄕㄤ害ㄏㄞˋ噴ㄆㄣ嚏ㄊㄧˋ草ㄘㄠˇ公ㄍㄨㄥ主ㄓㄨˇ。

34

噴嚏草公主認識的木蘭花公主是位穿著玻璃鞋的端莊公主，對陽光過敏，站在二樓的窗戶前，就會因為懼高症而頭昏眼花。

　　沙灘上的這位木蘭花公主當然不可能跟海怪戰鬥，更別說能保護她的好朋友——噴嚏草公主。

第 六 章
期待怪獸出現

　　山羊復仇者精神抖擻的站在草原上。他手插著腰、揚起下巴，笑容燦爛，就等著怪獸自投羅網。

　　一旁的山羊默默嚼著草。

山羊復仇者以手刀招式在空中揮砍，在草地上翻滾，搭配「呼嚇！」的喊叫聲。

呼嚇！

一旁的山羊還是默默嚼著草，一口接一口。

山羊復仇者把山羊當成假想的敵人，試了幾句超帥的口號。

怪獸退散！
退回惡魔
巢穴去！

給我小心點！

看ㄎㄢ招ㄓㄠ！

閃ㄕㄢ邊ㄅㄧㄢ去ㄑㄩ！

一ㄧ旁ㄆㄤ的ㄉㄜ山ㄕㄢ羊ㄧㄤ默ㄇㄛ默ㄇㄛ嚼ㄐㄩㄝ著ㄓㄜ草ㄘㄠ，吃ㄔ到ㄉㄠ
不ㄅㄨ停ㄊㄧㄥ的ㄉㄜ打ㄉㄚ飽ㄅㄠ嗝ㄍㄜ。

山羊復仇者走近洞口檢查，怪獸國就在洞口底下。這一個禮拜以來，怪獸不斷從洞口爬出來，讓黑衣公主不斷出任務而累壞了。但自從公主出門度假，山羊復仇者雖然用繩索和鈴鐺自製了怪獸警報器，警報器卻一點動靜也沒有。

　　「哈囉？」山羊復仇者輕聲喊：「有怪獸在嗎？」

　　一旁的山羊繼續默默埋頭吃草。

第 七 章
逃跑的公主

　　說不定只要我躺在這裡不動，怪獸就會自己離開，木蘭花公主心想。

　　「吼吼吼吼吼！」海怪大吼：「我要吃人！」

　　沙灘上的遊客嚇得不停大叫。

　　「大家都在尖叫……」噴嚏草公主緩緩說道。

所ㄙㄨㄛˇ有ㄧㄡˇ人ㄖㄣˊ嚇ㄒㄧㄚˋ得ㄉㄜˊ四ㄙˋ處ㄔㄨˋ奔ㄅㄣ逃ㄊㄠˊ。

「大ㄉㄚˋ家ㄐㄧㄚ都ㄉㄡ跑ㄆㄠˇ掉ㄉㄧㄠˋ了ㄌㄜ耶ㄧㄝ……」噴ㄆㄣ嚏ㄊㄧˋ草ㄘㄠˇ公ㄍㄨㄥ主ㄓㄨˇ說ㄕㄨㄛ，「我ㄨㄛˇ們ㄇㄣ也ㄧㄝˇ應ㄧㄥ該ㄍㄞ跟ㄍㄣ著ㄓㄜ逃ㄊㄠˊ走ㄗㄡˇ？」

有ㄧㄡˇ個ㄍㄜˋ急ㄐㄧˊ著ㄓㄜ逃ㄊㄠˊ跑ㄆㄠˇ的ㄉㄜ男ㄋㄢˊ孩ㄏㄞˊ，手ㄕㄡˇ上ㄕㄤˋ的ㄉㄜ冰ㄅㄧㄥ棒ㄅㄤˋ掉ㄉㄧㄠˋ在ㄗㄞˋ了ㄌㄜ沙ㄕㄚ灘ㄊㄢ上ㄕㄤˋ。

「那ㄋㄚˋ個ㄍㄜˋ男ㄋㄢˊ生ㄕㄥ的ㄉㄜ冰ㄅㄧㄥ棒ㄅㄤˋ掉ㄉㄧㄠˋ在ㄗㄞˋ沙ㄕㄚ灘ㄊㄢ上ㄕㄤˋ了ㄌㄜ。」噴ㄆㄣ嚏ㄊㄧˋ草ㄘㄠˇ公ㄍㄨㄥ主ㄓㄨˇ說ㄕㄨㄛ。

「我要吃人！」海怪大吼：「人最好吃！」

木蘭花公主嘆了一口氣。

「噴嚏草公主，我想你說得對。」她說：「我們應該趕快跑。」

45

有人說，公主不該跑。不過，這兩位公主不但跑了，而且還跑得很快。

　　噴嚏草公主跑向賣冰棒的小攤子。木蘭花公主則選擇跑進一座淋浴帳篷，因為她需要換裝，而且要以超快的速度換好才可以。

沒有人知道，端莊完美的木蘭花公主其實就是神祕的黑衣公主。她不能眼睜睜看著海怪吃人，特別是吃掉嘖嚏草公主。畢竟，好朋友本來就該互相幫助。

第 八 章
山羊復仇者的怪獸警報

　　山羊達夫坐下來看著山羊吃草。舊毯子做成的面具讓他覺得臉好癢，披風在身上摩擦也很不舒服，所以他就把裝備全脫掉了。

　　他心想，早知道就帶本書來打發時間……。

叮噹～ 叮噹～

「是怪獸警報！」達夫說。

達夫急忙戴上面具，繫上披風。現在，他不再是山羊達夫了，他是山羊復仇者。

叮噹！

叮噹！

山羊復仇者手插著腰，神氣的說：「哈！我來啦！」

結果ㄐㄧㄝˊㄍㄨㄛˇ，沒ㄇㄟˊ有ㄧㄡˇ任ㄖㄣˋ何ㄏㄜˊ東ㄉㄨㄥ西ㄒㄧ從ㄘㄨㄥˊ洞ㄉㄨㄥˋ口ㄎㄡˇ出ㄔㄨ來ㄌㄞˊ。

叮ㄉㄧㄥ噹ㄉㄤ！

叮ㄉㄧㄥ噹ㄉㄤ！

怪獸國

山ㄕㄢ羊ㄧㄤˊ復ㄈㄨˋ仇ㄔㄡˊ者ㄓㄜˇ用ㄩㄥˋ來ㄌㄞˊ製ㄓˋ作ㄗㄨㄛˋ怪ㄍㄨㄞˋ獸ㄕㄡˋ警ㄐㄧㄥˇ報ㄅㄠˋ的ㄉㄜ繩ㄕㄥˊ索ㄙㄨㄛˇ不ㄅㄨˋ斷ㄉㄨㄢˋ扭ㄋㄧㄡˇ動ㄉㄨㄥˋ，羊ㄧㄤˊ鈴ㄌㄧㄥˊ也ㄧㄝˇ一ㄧˋ直ㄓˊ叮ㄉㄧㄥ噹ㄉㄤ作ㄗㄨㄛˋ響ㄒㄧㄤˇ。不ㄅㄨˋ過ㄍㄨㄛˋ，就ㄐㄧㄡˋ是ㄕˋ不ㄅㄨˋ見ㄐㄧㄢˋ怪ㄍㄨㄞˋ獸ㄕㄡˋ的ㄉㄜ蹤ㄗㄨㄥ影ㄧㄥˇ。

第九章
「啾啾，啾啾」

　　黑衣公主站在沙灘上。她大喊：「海怪，不准吃人！」

　　「吼！」海怪繼續大吼。牠用尾巴拍打著海面，一波大浪湧上沙灘。

也許牠聽不見我的聲音，公主心想。

黑衣－公主爬到岩石上，把手圈在嘴邊大喊：

「怪獸，不准亂來！」

「吼ㄏㄡˇ吼ㄏㄡˇ吼ㄏㄡˇ！」海ㄏㄞˇ怪ㄍㄨㄞˋ還ㄏㄞˊ是ㄕˋ一ㄧˋ直ㄓˊ吼ㄏㄡˇ。牠ㄊㄚ的ㄉㄜ尾ㄨㄟˇ巴ㄅㄚ在ㄗㄞˋ沙ㄕㄚ灘ㄊㄢ上ㄕㄤˋ亂ㄌㄨㄢˋ掃ㄙㄠˇ，差ㄔㄚ點ㄉㄧㄢˇ兒ㄦ就ㄐㄧㄡˋ打ㄉㄚˇ到ㄉㄠˋ賣ㄇㄞˋ冰ㄅㄧㄥ棒ㄅㄤˋ的ㄉㄜ小ㄒㄧㄠˇ攤ㄊㄢ子ㄗ。

57

也許牠還是聽不見我的聲音，公主心想。

她跳到海怪的尾巴上，開始努力往上跑。海怪突然把尾巴抬到半空中，黑衣公主立刻滑了下來，不停往下滑。她只好緊緊抱住海怪的尾巴。

別往下看，她對自己說。

但是，她還是忍不住往下看了一眼，結果嚇得她倒抽一口氣。淋浴的帳篷看起來就跟小石頭一樣小；沙灘上的人看起來變得跟螞蟻一樣小。

突ㄊㄨ然ㄖㄢˊ，一ㄧˋ隻ㄓ鳥ㄋㄧㄠˇ停ㄊㄧㄥˊ在ㄗㄞˋ她ㄊㄚ的ㄉㄜ˙肩ㄐㄧㄢ膀ㄅㄤˊ上ㄕㄤˋ。

　　「啾ㄐㄧㄡ啾ㄐㄧㄡ？」黑ㄏㄟ衣ㄧ公ㄍㄨㄥ主ㄓㄨˇ說ㄕㄨㄛ。翻ㄈㄢ成ㄔㄥˊ鳥ㄋㄧㄠˇ語ㄩˇ表ㄅㄧㄠˇ示ㄕˋ：「你ㄋㄧˇ可ㄎㄜˇ以ㄧˇ載ㄗㄞˋ我ㄨㄛˇ下ㄒㄧㄚ去ㄑㄩˋ嗎ㄇㄚ˙？」

「啾啾，啾啾。」鳥兒回答。牠的意思是：「很抱歉，你太重了。」

「啾……」黑衣公主委屈的說。翻成鳥語的意思是：「我是來度假的耶……。」

第 十 章
毛茸茸的小怪獸

　　山羊復仇者瞇著眼睛，仔細往洞裡頭看，什麼奇怪的觸手都沒看見。

　　到底是什麼觸動了怪獸警報呢？

太莫名其妙了！山羊復仇者調整好面具，拉緊披風（有點拉太緊了……只好又鬆開一點）。接著，他沿著繩索走到了樹旁。

一隻毛茸茸的生物被纏在繩子上。牠揮舞著雙手，不停尖叫！那是一隻松鼠。

叮噹！

叮噹！

「總算抓到怪獸了！」山羊復仇者興奮的說。

旁邊的山羊心存懷疑的咩咩叫著。

「如果你是牠最愛的橡實，那隻松鼠怪獸就可能會攻擊你。」山羊復仇者對存著懷疑的山羊解釋。

山羊復仇者把松鼠從繩子上解開，然後放牠走。

他對那隻松鼠說：「不准吃山羊喔。」

松鼠吱吱叫著跑掉了。牠要繼續去找牠最愛的橡實。

　　山羊叫了一聲：「咩。」山羊語表示：「我們為山羊復仇者感到驕傲。」

　　山羊復仇者只能無奈的聳聳肩。他下定決心要抓到真正、可怕的怪獸。

第 十一 章
與海怪展開大戰

　　海怪的尾巴又長又窄，而且滑溜溜的，讓黑衣公主想起她的祕密通道。這倒是給了她靈感。

　　她可以——滑下去！

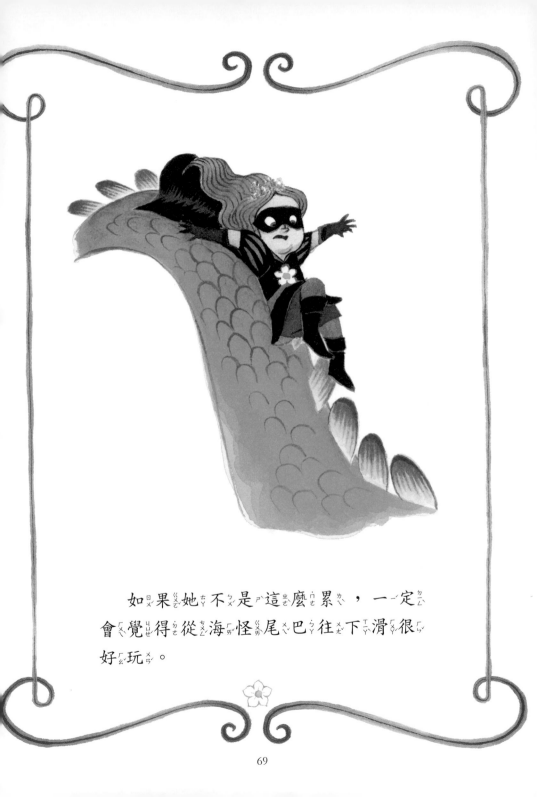

如果她不是這麼累，一定
會覺得從海怪尾巴往下滑很
好玩。

海怪的背又軟又有彈性，就像公主的床墊一樣。所以，黑衣公主選擇用跳的方式，沿著海怪的背一路往上跳。

如果不是因為這星期不斷出任務太累了，在海怪的背上跳來跳去，公主一定會覺得很好玩。

　　海怪的脖子很長，就像爬上一座塔。

　　雖然很累，不過，在海怪身上攀爬，公主倒是覺得很有趣。

　　她還在想，有沒有可能找隻海怪來當寵物……。只可惜，護城河應該住不下一隻大海怪。

　　最後，她終於爬上海怪的頭頂，海怪則試圖把她甩開。接著，雙方展開一場大戰。

滑ㄏㄨㄚ尾ㄨㄟ功ㄍㄨㄥ！

額ㄜˊ頭ㄊㄡˊ搥ㄔㄨㄟˊ！

我ㄨㄛ敲ㄑㄧㄠ！
我ㄨㄛ敲ㄑㄧㄠ！

你ㄋㄧ眼ㄧㄢ冒ㄇㄠ金ㄐㄧㄣ星ㄒㄧㄥ！

她$\frac{\pm}{Y}$滑$\frac{\langle\langle}{Y}$到$\frac{\langle\langle}{Y}$海$\frac{\Gamma}{\mathcal{H}}$怪$\frac{\langle\langle}{\mathcal{H}}$的鼻$\frac{\langle}{Y}$子$\frac{T}{P}$前$\frac{\langle}{\mathcal{H}}$面$\frac{\Pi}{\mathcal{H}}$，直$\frac{\pm}{Y}$直$\frac{\pm}{Y}$盯$\frac{\langle}{\mathcal{L}}$著$\frac{\pm}{\mathcal{H}}$海$\frac{\Gamma}{\mathcal{H}}$怪$\frac{\langle\langle}{\mathcal{H}}$的眼$\frac{\overline{\mathcal{H}}}{\mathcal{H}}$睛$\frac{\langle}{\mathcal{L}}$看$\frac{\overline{\mathcal{H}}}{\mathcal{H}}$。

「要$\frac{\langle}{\mathcal{L}}$吃$\frac{\mathcal{H}}{\mathcal{L}}$人$\frac{\Box}{\mathcal{H}}$！」海$\frac{\Gamma}{\mathcal{H}}$怪$\frac{\langle\langle}{\mathcal{H}}$說$\frac{\langle}{\mathcal{L}}$。

「不$\frac{\langle}{\chi}$行$\frac{T}{\mathcal{L}}$！」黑$\frac{\Gamma}{\mathcal{H}}$衣-公$\frac{\langle\langle}{\chi}$主$\frac{\pm}{\chi}$說$\frac{\langle}{\mathcal{L}}$：「不$\frac{\langle}{\chi}$准$\frac{\pm}{\chi}$吃$\frac{\mathcal{H}}{\mathcal{L}}$人$\frac{\Box}{\mathcal{H}}$！」

現$\frac{T}{\mathcal{H}}$在$\frac{\mathcal{H}}{\mathcal{H}}$，海$\frac{\Gamma}{\mathcal{H}}$怪$\frac{\langle\langle}{\mathcal{H}}$終$\frac{\pm}{\chi}$於$\frac{\langle}{\chi}$聽$\frac{\pm}{\mathcal{L}}$見$\frac{\overline{\mathcal{H}}}{\mathcal{H}}$公$\frac{\langle\langle}{\chi}$主$\frac{\pm}{\chi}$說$\frac{\langle}{\mathcal{L}}$什$\frac{\Gamma}{\mathcal{H}}$麼$\frac{\Pi}{\mathcal{L}}$了$\frac{\mathcal{H}}{\mathcal{L}}$。牠$\frac{\pm}{Y}$皺$\frac{\pm}{\chi}$著$\frac{\pm}{\mathcal{H}}$眉$\frac{\Pi}{\mathcal{H}}$頭$\frac{\pm}{\chi}$問$\frac{\chi}{\mathcal{H}}$：「不$\frac{\langle}{\chi}$行$\frac{T}{\mathcal{L}}$嗎$\frac{\Pi}{Y}$？」

「不行。」公主堅決的回答。

海怪難過的吸吸鼻子、低下頭，喪氣的垂下尾巴。

「不過，你可以吃魚呀！」黑衣公主建議。

海怪振奮的挺起身子。

　　「好耶！」牠開心的喊著。「吃魚！」

海怪再度潛入海裡。黑衣公主沒有別的選擇，只能也跟著潛下去。

第 十 二 章
橡實怪獸

　　山羊復仇者悠閒的在吊床上晃來晃去。他邊喝檸檬汁，邊看漫畫書。

松鼠跳上他的肩膀，一起分享檸檬汁，真是美好的一天。

叮噹！叮噹！叮噹！

「也許是另一隻松鼠。」山羊復仇者說

接著，他站起來，轉過頭去一看發現──一隻長得像橡實的巨大獨眼怪獸，出現在怪獸國的洞口旁。

「啊！」山羊復仇者大叫。

「吼！」橡實怪獸大吼。

「松鼠！」山羊復仇者大喊：「快來趕走那顆橡實！」

「吱吱！」松鼠對著怪獸叫。

「啊！」橡實怪獸被嚇得大喊，接著急忙跳回洞裡。

山羊復仇者手插著腰、覺得很得意。因為，他成功了！是他救了松鼠，然後松鼠成功的嚇跑怪獸。多虧了有山羊復仇者，山羊才能安全無慮；也多虧了他，黑衣公主才能在某個地方享受假期。

第 十 三 章
無人小島

海ㄏㄞˇ怪ㄍㄨㄞˋ潛ㄑㄧㄢˊ回ㄏㄨㄟˊ水ㄕㄨㄟˇ裡ㄌㄧˇ，於ㄩˊ是ㄕˋ海ㄏㄞˇ水ㄕㄨㄟˇ上ㄕㄤˋ升ㄕㄥ、湧ㄩㄥˇ現ㄒㄧㄢˋ一ㄧ道ㄉㄠˋ海ㄏㄞˇ浪ㄌㄤˋ，而ㄦˊ黑ㄏㄟ衣ㄧ公ㄍㄨㄥ主ㄓㄨˇ就ㄐㄧㄡˋ出ㄔㄨ現ㄒㄧㄢˋ在ㄗㄞˋ浪ㄌㄤˋ的ㄉㄜ˙最ㄗㄨㄟˋ上ㄕㄤˋ方ㄈㄤ。

海ㄏㄞˇ浪ㄌㄤˋ沖ㄔㄨㄥ走ㄗㄡˇ了ㄌㄜ˙她ㄊㄚ的ㄉㄜ˙黑ㄏㄟ衣ㄧ公ㄍㄨㄥ主ㄓㄨˇ裝ㄓㄨㄤ扮ㄅㄢˋ，浪ㄌㄤˋ潮ㄔㄠˊ將ㄐㄧㄤ她ㄊㄚ推ㄊㄨㄟ上ㄕㄤˋ一ㄧ座ㄗㄨㄛˋ島ㄉㄠˇ。就ㄐㄧㄡˋ這ㄓㄜˋ樣ㄧㄤˋ，她ㄊㄚ被ㄅㄟˋ海ㄏㄞˇ浪ㄌㄤˋ扔ㄖㄥ在ㄗㄞˋ小ㄒㄧㄠˇ島ㄉㄠˇ的ㄉㄜ˙沙ㄕㄚ灘ㄊㄢ上ㄕㄤˋ。

木蘭花公主看了看四周的環境。這是一座一眼就能看穿的小島。島上沒有急著尖叫逃跑的遊客，沒有舔人耳朵的山羊。當然，也沒有怪獸。簡直太完美了！

木ㄇㄨˋ蘭ㄌㄢˊ花ㄏㄨㄚ公ㄍㄨㄥ主ㄓㄨˇ躺ㄊㄤˇ在ㄗㄞˋ椰ㄧㄝˊ子ㄗˇ樹ㄕㄨˋ的ㄉㄜ樹ㄕㄨˋ蔭ㄧㄣˋ下ㄒㄧㄚˋ。

「這ㄓㄜˋ才ㄘㄞˊ叫ㄐㄧㄠˋ度ㄉㄨˋ假ㄐㄧㄚˋ嘛ㄇㄚ！」她ㄊㄚ說ㄕㄨㄛ。

她ㄊㄚ鬆ㄙㄨㄥ了ㄌㄜ一ㄧˋ口ㄎㄡˇ氣ㄑㄧˋ，閉ㄅㄧˋ上ㄕㄤˋ眼ㄧㄢˇ睛ㄐㄧㄥ。現ㄒㄧㄢˋ在ㄗㄞˋ，公ㄍㄨㄥ主ㄓㄨˇ終ㄓㄨㄥ於ㄩˊ可ㄎㄜˇ以ㄧˇ呼ㄏㄨ呼ㄏㄨ大ㄉㄚˋ睡ㄕㄨㄟˋ了ㄌㄜ。

飛ㄈ呀ㄚ，黑ㄏ旋ㄒㄩㄢ風ㄈㄥ，飛ㄈ呀ㄚ！

黑ㄏ衣一公ㄍㄨㄥ主ㄓㄨ還ㄏㄞ會ㄏㄨㄟ面ㄇㄧㄢ對ㄉㄨㄟ什ㄕ麼ㄇㄜ樣ㄧㄤ
的ㄉㄜ挑ㄊㄧㄠ戰ㄓㄢ呢ㄋㄜ？

關鍵詞

Keywords

單元設計｜**李貞慧**
（國立臺灣大學外國語文學系研究所碩士，現任國中英語老師）

❶ sleepy 想睡的，懶洋洋的 形容詞

The Princess in Black was very sleepy.

黑衣公主超級愛睏。

❷ **toothy** 露齒的 〔形容詞〕

The monster opened its toothy mouth and roared.

怪獸張開滿口暴牙的大嘴，大聲吼叫。

❸ **yawn** 打哈欠 〔動詞〕

The Princess in Black opened her mouth and yawned.

黑衣公主張開嘴巴，打了一個大哈欠。

❹ **avenger** 復仇者 名詞

I am the Goat Avenger!

我是山羊復仇者！

❺ **fist** 拳頭 名詞

The Goat Avenger put his fist on his hip.

山羊復仇者手插腰。

❻ seaside 海邊 名詞

Princess Magnolia rode her bicycle to the seaside.

木蘭花公主騎腳踏車

到海邊去。

❼ hammock 吊床 名詞

Princess Magnolia lay down in a hammock.

木蘭花公主躺在吊床上。

⑧ ice pop 冰棒 [名詞]

That boy dropped his ice pop in the sand.

那個男生的冰棒掉在沙灘上了。

⑨ tail 尾巴 [名詞]

The sea monster's tail whipped the beach.

海怪的尾巴在沙灘上亂掃。

閱讀想一想
Think Again

❶ 黑衣公主如何讓海怪打消吃人的念頭？

❷ 為什麼山羊復仇者覺得自己成功打敗怪獸了呢？

❸ 為什麼木蘭花公主會這麼累？她有因為去海邊度假而好好休息嗎？

❹ 噴嚏草公主是否已經發現黑衣公主的真實身分？哪些故事情節引發你這麼猜想呢？

國家圖書館出版品預行編目(CIP)資料

公主出任務.4：度假好忙 / 珊寧.海爾(Shannon Hale),
迪恩.海爾(Dean Hale)作；范雷韻(LeUyen Pham)圖；黃
筱茵譯. -- 初版. -- 新北市：字畝文化創意出版：遠足
文化發行, 2017.11
　　面；　公分
譯自：The princess in black takes a vacation
ISBN 978-986-94861-8-7(平裝)

874.59　　　　　　　　　　　　　106017067

公主出任務 4 度假好忙
The Princess In Black Takes A Vacation

作者／珊寧‧海爾 & 迪恩‧海爾 Shannon Hale, Dean Hale
繪者／范雷韻 LeUyen Pham　譯者／黃筱茵

社長兼總編輯／馮季眉　副總編輯／吳令葳　責任編輯／洪絹
封面設計／Misha　內頁排版／張簡至真

出版／字畝文化創意有限公司
發行／遠足文化事業股份有限公司
　　　　地址：231 新北市新店區民權路108-2號9樓
　　　　電話：(02)2218-1417　傳真：(02)8667-1065
　　　　電子信箱：service@bookrep.com.tw
　　　　網址：www.bookrep.com.tw　客服專線：0800-221-029
　　　　郵撥帳號：19504465 遠足文化事業股份有限公司

讀書共和國出版集團
社長／郭重興　發行人兼出版總監／曾大福
印務經理／黃禮賢　印務／李孟儒
法律顧問／華洋法律事務所　蘇文生律師
印製／中原造像股份有限公司

2017年11月01日　初版一刷　定價：300元

書號：XBSY 0004　ISBN：978-986-94861-8-7